改編自安東尼·聖修伯里的代表作、由馬克·奧斯朋導演的電影版《小王子》轟動上映，對於出版社而言，是一個讓這部老少咸宜的作品重新問世的機會。出自於電影長片的這部細緻的停格動畫，讓大家得以充滿詩意地再次閱讀這部屬於法國、也屬於世界的永恆文學經典大作。透過紙藝與動畫的技術，讓小王子的故事不僅適合小朋友，也適合大朋友，而且每個人都可以發現「只有用心看才看得清楚」。

Le Petit Prince

小王子

說給孩子聽的

改編自安東尼・聖修伯里的經典作品

六歲時，我就放棄了畫家這份美好的職業。我不得不選擇另一個行業，學會開飛機。我因此獨自生活，沒有人可以陪我說話，直到六年前那一次在撒哈拉沙漠中遇到飛機故障。我的飛機引擎有東西壞掉了。第一晚，我睡在沙地上，在距離任何有人居住的地方的千哩之外。所以你們可以想像我有多麼驚訝，在那天日出時，被一個奇特的細小聲音喚醒。那個聲音說：

「拜託您……畫一隻綿羊給我！」

「嘎 ?!」

「畫一隻綿羊給我……」

我跳了起來，彷彿被雷打到似的。我揉揉眼睛。然後看見一個不可思議的小人兒，正神情嚴肅地望著我。我告訴他（而且還有點生氣），我不會畫畫。他回答我：

「沒關係。畫一隻綿羊給我。」

所以我就畫了。

他很專注地看了看，然後說：

「不行！這隻綿羊已經病得很重。畫另一隻給我。」

我又畫了。我的這位朋友和善地笑了。

「這不是一隻綿羊，這是一隻公羊。牠有長角呢……」

於是，我草草畫了最後一張。

「這是一個箱子。你想要的綿羊就在裡面。」

我很驚訝地看到這位年輕裁判的臉亮了起來。

　「這正是我要的樣子！你想這隻綿羊會需要很多草嗎？因為我住的
地方非常小……」

　　而我就是這樣認識小王子的。不過，我花了很長的時間才明白他來
自何方。

我得知一件非常重要的事 ：他住的星球比一間房子大不了多少！小王子問我：

「綿羊會吃掉灌木，這件事是不是真的啊？」

「對。是真的。」

「啊，我好高興！所以牠們也會吃掉猴麵包樹嘍？」

因為小王子的星球上有一些可怕的種籽……猴麵包樹的種籽。星球上的土壤已經受到猴麵包樹的危害。而猴麵包樹要是太晚處理，就永遠也無法擺脫掉它。它會長滿整個星球。它的樹根會穿透星球。而且若是這個星球太小，然後猴麵包樹又太多，它們會讓整個星球爆掉。

小 王子很突然地問我：

「如果綿羊會吃灌木，那牠也會吃玫瑰花嗎？」

「綿羊會吃掉所有牠遇見的東西。」

「就連長了刺的花兒也一樣？」

「對，就連長了刺的花兒也一樣。」

「那麼，那些刺到底有什麼用？」

「那些刺啊，一點用也沒有，那些刺是花兒的純粹惡意！」

在一段時間的沉默之後，他忿忿不平地質問我：

「我不相信你說的話！而且要是我認識一朵世上獨一無二的花，而這朵花除了在我的星球上，其他地方都不存在的話呢？」

他突然啜泣起來。

我很快便清楚地認識了這朵花。有天，她從一顆不知從哪飄來的種籽裡發了芽。小王子非常非常緊張地盯著這株看起來與眾不同的嫩枝，這朵花卻躲在她的綠色花房裡準備個沒完。她小心翼翼地挑選自己的顏色。她緩緩地著裝，一片一片地調整她的花瓣。她不希望像罌粟花那樣全身皺巴巴地出門。是的，她非常愛漂亮！然後有天早上，她現身了。

「啊！我才剛剛醒來……還沒梳好頭呢……」

當時，小王子情不自禁地表達了他的讚美。

「您真是美啊！」

她很快因出於虛榮心而折磨起他來。有天，她告訴小王子：

「我很害怕穿堂風。您有沒有屏風啊？」

「害怕穿堂風……對一株植物而言還真是不幸啊。」小王子發現了這一點。「這朵花還真複雜……」

「晚上，您就把我用玻璃罩子罩起來吧。您的家很冷。」

她咳了幾聲，想把過錯歸在小王子身上。儘管小王子的愛充滿善意，卻也因為這樣，變得很不快樂。

我 想，他於是利用一群遷徙的候鳥逃出門，散心去了。

他經過了小行星的區域，有小行星 325 號、326 號、327 號……

　　他開始拜訪這些小行星。第一顆小行星上住著一位國王。不過，讓小王子很驚訝。「這個星球很迷你，國王在這樣的星球上能統治什麼？」

　　「統治一切啊！」國王回答，答案再簡單不過。

　　國王比了個很低調的手勢，指了他的星球、其他的星球與所有的星星。

　　「那麼，那些星星都聽您的話嗎？」

　　「當然了，」國王告訴他，「它們馬上就會服從。我無法忍受沒有紀律。」

　　這樣的權力讓小王子覺得相當神奇。於是他大膽問道：

　　「我想要看日落……請您命令太陽落下吧……」

　　「你要的日落，你會得到的。我會要求太陽，」國王回答他，「那會在，將近……將近……那會在今晚接近七點四十分的時候發生！然後到時你就會看到我是如何的得到服從。」

第二個星球上，住了一位愛慕虛榮的人。

「啊！啊！這裡有一位仰慕者來了！」吹牛家一看見小王子便遠遠地喊道。

因為對於愛慕虛榮的人來說，其他人都是仰慕者。

「你是不是真的很仰慕我呢？」他問小王子。

「『仰慕』是什麼意思？」

「『仰慕』的意思就是『承認我是這個星球上最英俊、最富有也最聰明的人』。」

「可是在你的星球上只有你一個人啊！」

然後小王子就溜走了。

「大人真的好奇怪啊。」他在旅途中這樣告訴自己。

下一個星球是商人的星球。他是那麼的忙碌，忙到連小王子抵達時候，甚至都沒有抬起頭來。

「三加二等於五。你好。二十二加六是二十八。哇！所以總數是五億零一百六十二萬兩千七百三十一。」

「五億的什麼啊？」

「五億個我們有時會在天空中看到的那些小東西。」

「蒼蠅嗎？」

「才不是呢。是些金光閃閃會讓遊手好閒的人胡思亂想的小東西。」

「啊！星星嗎？那你要拿這五億顆星星做什麼？」

「不做什麼。我擁有它們。」

「那你要拿它們怎麼辦？」

「我把它們拿來數了又數。」生意人說道。

「我啊，」小王子說，「我擁有一朵花，每天澆水。我擁有這朵花，而且我對花兒是有用的。可是你對星星一點用也沒有……」

　　然後，他就溜走了。

小王子一到了地球，因為沒看到任何人而感到很驚訝。他穿過沙漠、峭壁、雪地，走了好長一段時間後，發現一座開滿玫瑰的花園。

「你好啊！」玫瑰們說。

小王子望著這些玫瑰，她們全都長得和他的花兒一樣。他感到非常難過。他的花兒告訴過他，說她是宇宙中獨一無二的品種。但是這裡，在一座花園裡，就有五千朵玫瑰花，全都長得很相像！

於是，他倒在草地上，哭了。

狸就是在此時出現的。

「你好。我在這裡。」那個聲音說道,「就在蘋果樹下……」

「你是誰?」小王子說,「你好漂亮……」

「我是一隻狐狸。」狐狸說。

「過來和我玩。」小王子向狐狸提議,「我好傷心……」

「我不能和你玩,」狐狸說,「我還沒有被馴服。」

「啊!對不起,」小王子說道,「『馴服』是什麼意思?」

「意思就是『建立關係』,」狐狸說,「對我來說,你還只是個小男孩,和其他成千上萬的小男孩沒有兩樣。而且我不需要你、你也不需要我。我對你而言也只是隻狐狸,和成千上萬的狐狸一樣。可是,如果你馴服了我,我們就會彼此需要了。對我來說,你就會是世界上獨一無二的;對你來說,我也會是世界上獨一無二的……」

「我開始懂了，」小王子說，「有一朵花……我想，她馴服了
我……」

「如果你馴服了我，我的生命就會好像陽光普照那樣。」狐狸說。

「你看看那些麥田。我不吃麵包，所以麥子對我來說毫無用處。可是你有一頭金色的頭髮。所以等到你馴服我之後，就會變得非常美妙！金黃色的麥子，會讓我想到你……」

狐狸閉上嘴，望著小王子好長一段時間。

「拜託你……馴服我吧！」牠說道。

「我很想馴服你，」小王子回答，「但是要怎麼做呢？」

「要非常有耐心，」狐狸回答，「一開始，你要坐得離我遠一點，像這樣，坐在草地上。我用眼角的餘光偷看你，而你什麼話也不說。語言是誤會的源頭。但是，你每天都可以坐得更靠近我一點……」

第二天，小王子回來了。

「你最好每天在同樣的時間回來，」狐狸說，「比方說，如果你下午四點鐘要來，那麼我會從三點就開始高興。時間愈接近，我就會愈開心。可是如果你隨便什麼時間來，我就永遠不知道該在幾點開始裝扮我的心……」

於是，小王子就這樣收服了狐狸。然後當離別的時刻愈來愈接近。

「你要哭了！」小王子說。

「當然啊！」狐狸說。

「但你什麼收穫都沒有！」

「我有收穫，」狐狸說，「因為小麥的顏色。這就是我的祕密。事情非常簡單：只有用心看才看得清楚。最要緊的事都是眼睛看不到的。」

「最要緊的事都是眼睛看不到的。」小王子重複地說了一遍，好把這句話記下來。

　　「就是你花在玫瑰花上的時間，才讓你的玫瑰花變得那麼重要。你永遠都對你馴服的對象有責任。你對你的玫瑰花有責任⋯⋯」

這是我的飛機在沙漠中故障的第八天，我一邊聽小王子說故事、一邊喝下了身邊的最後一滴水。我們走了好幾個小時，夜色降臨，星星開始發亮。小王子說：

「星星很美，是因為有一朵我們看不見的花兒……而讓這個沙漠變美的原因，是因為沙漠中的某個地方藏著一口井……」

小王子睡著了，我把他抱在懷裡繼續趕路。天亮時，我發現了那口井。我把水桶湊到他的嘴邊。他閉著眼睛喝水。水甜美的像場盛宴、像個禮物。

「你們這裡的人，」小王子說，「在一座花園裡種上五千朵玫瑰……在其中卻找不到他們所尋覓的東西……但其實他們要找的東西在單單一朵玫瑰或一點點水當中就可以找到……不過眼睛是盲目的。一定要用心去找。」

在那口井旁邊，有一面老石牆的廢墟。第二天，我遠遠就看到我的小王子坐在石牆上，兩條腿懸在空中。我聽見他在說話。

「你有好的毒液嗎？你確定不會讓我難受太久？」

我嚇了一大跳！那是一條可以讓人在三十秒內斃命的毒蛇。我來到牆邊時，剛好來得及把我的小人兒王子接在懷裡，他的臉蒼白得像雪一樣。他對我說：

「今天我要回家去了……我有你的綿羊，還有裝綿羊的箱子。今晚，就要滿一年了。我的星星剛好就在我去年降落地點的上空……我要送你一個禮物……當你在夜裡望著天空時，你將擁有會笑的星星。那就好像是我送給你一大堆會笑的小鈴鐺，取代了星星的位置……」

我 很確定他回到了他的星球，因為日出時，我沒有找到他的軀體。

我喜歡在夜裡聆聽星星。它們就像是五億個小鈴鐺……

高寶書版集團
gobooks.com.tw

RR 012
小王子【全球獨家　電影紙藝動畫插圖版】聖修伯里原著改編·青少年讀本
Le Petit Prince

作　　者　安東尼·聖修伯里（Antoine de Saint-Exupéry）
譯　　者　賈翊君
編　　輯　林俶萍
校　　對　李思佳·林俶萍
排　　版　趙小芳
封面設計　林政嘉

發 行 人　朱凱蕾
出　　版　英屬維京群島商高寶國際有限公司台灣分公司
　　　　　Global Group Holdings, Ltd.
地　　址　台北市內湖區洲子街88號3樓
網　　址　gobooks.com.tw
電　　話　(02) 27992788
電　　郵　readers@gobooks.com.tw（讀者服務部）
　　　　　pr@gobooks.com.tw（公關諮詢部）
傳　　真　出版部 (02) 27990909　行銷部 (02) 27993088
郵政劃撥　19394552
戶　　名　英屬維京群島商高寶國際有限公司台灣分公司
發　　行　希代多媒體書版股份有限公司/Printed in Taiwan
初版日期　2015年10月

The Little Prince
Credits
ON ANIMATION STUDIOS PRESENTS "THE LITTLE PRINCE"
BASED ON "LE PETIT PRINCE" BY ANTOINE DE SAINT-EXUPERY
MUSIC BY HANS ZIMMER & RICHARD HARVEY FEATURING CAMILLE
LINE PRODUCERS JEAN-BERNARD MARINOT CAMILLE CELLUCCI
EXECUTIVE PRODUCERS JINKO GOTOH MARK OSBORNE
COPRODUCER ANDREA OCCHIPINTI
PRODUCED BY ATON SOUMACHE DIMITRI RASSAM ALEXIS VONARB
A ORANGE STUDIO LPPTV M6 FILMS LUCKY RED COPRODUCTION
INTERNATIONAL SALES ORANGE STUDIO WILD BUNCH
HEAD OF STORY BOB PERSICHETTI
ORIGINAL SCREENPLAY BY IRENA BRIGNULL & BOB PERSICHETTI
DIRECTED BY MARK OSBORNE
Based on the movie « The Little Prince » directed by Mark Osborne
©2015 – LPPTV – Little Princess – On Ent. – Orange Studio – M6 films – Lucky Red

國家圖書館出版品預行編目(CIP)資料

小王子【全球獨家　電影紙藝動畫插圖版】聖修伯里
原著改編·青少年讀本 / 聖修伯里（Antoine de
Saint-Exupéry）著；賈翊君 譯. -- 初版. --
臺北市：高寶國際出版：希代多媒體發行, 2015.10
　　面；　公分. -- (Retime; RR 012)
譯自：Le Petit Prince
ISBN 978-986-361-212-4(精裝)

876.57　　　　　　　　　　　104018736